敬天愛人

Keiten-aijin

小路紫峡

Shoji Shikyo

句集

角川書店

句集・敬天愛人

目次

装丁●巖谷純介

句集

敬天愛人

平成十九年

海坂の雲舞ふごとし初茜

鬼貫の傾く句碑に初箒

桴かざし益荒男ぶりや初太鼓

火を見つめ悼む涙や阪神忌

阪神忌ピアノの傷を繕はず

水仙や文字きれぎれの顕彰碑

着せ藁のカチューシャ被き寒牡丹

寒牡丹日和崩るる気配なし

待ちわびておしめりほどの木の芽雨

方四角墓は史跡や下萌ゆる

遣隋使船出の岸や草青む

木の洞に根づきし枝も芽を吹きぬ

玻璃走る春一番の雨雫

菜の花の供華は造花や摩耶詣

木隠れに巫女の緋袴摩耶詣

巫女に蹤く親馬子馬摩耶詣

花筵夕日に向きて畳まるる

花人の手押し車に犬眠る

夜桜の動物園や檻は闇

甲山棚引く花にかくれなし

通路とて宴席禁止花の土手

見回して花の乏しや筵敷く

嬉々として枝くぐる鶸花散らす

大岩の句碑に万朶の花の影

車窓過ぐ御影岡本花万朶

飛花落花さすが上野やこの人出

仏母忌やカーネーションを手向け花

遠目には花の密なる九輪草

一茎に真紅とピンク九輪草

窯元は薪の砦やほととぎす

指放れ目にも留まらぬ草矢かな

飛ぶ鳥を落とす構へや草矢打つ

雨垂れの穴と見くらべ蟻地獄
穴浅く蟻地獄とも思はれず

蟻地獄礎石を楯にして並ぶ

道をしへ違反駐車を越えて飛ぶ

道をしへ罷り出でたる朝日影

蟬の穴みどりの苔を穿ちけり

走り根に添うて点綴蝉の穴

銅像の背にすがりし蝉の殻

総立ちとなる噴水の純白に

噴水の翼ひろげて風起こる

噴水の高さ変はれば楽も又

御詠歌を中休みしてビール酌む

日を撥ねて森を出でたる日傘かな

夕焼雲劫火となりてひろがりぬ

中天に火柱となる夕焼雲
大文字眺めの余生神ぞ知る

地蔵会の駄菓子貰ふも供養かな

鬼灯の色づく月日顧みし

鬼灯の色づく路地の静けさに

秋天にしろがね光り避雷針

残菊に庇はづれの夕日影

内海の凪ぎてオリーブ実となりぬ

火柱の終焉告ぐる牡丹焚

朝まだきロビーの聖樹点滅す

河豚料る老の細腕手際良く

ベンチ去る焚火埃に顔そむけ

枯木立塔の金箔まぎれなし

平成二十年

天神の粥をいただき筆始

乗初のモノレール駅吹き曝し

雑踏を逃れ末社に初詣

初絵馬に書き放題の願ひ事

文字読めぬ子にも手渡す初みくじ

とんど焚く炎の影の地にもつれ

地をころぶとんどの灰に夕日影

我勝ちに四散する灰とんど焚く

神木の余命を保つ芽吹きかな

梅蕾む枝をはばかりみくじ結ふ

雛壇の衣桁に掛けし恋衣

雛雛調度壇を狭しと飾らるる

がらくたも遺愛の調度雛飾る

唐渡りなる花札や雛壇に

雛壇の南部手毬は姫のもの

遺族会献樹の桜みな若木

目つぶしの夕日さへぎる花の枝

花の雲天守の鯱のまぎれなし

慰霊塔万朶の花に隠れなし

花人に立ちはだかりし岩は句碑

散る花の吸はるる如く天に消ゆ

紅つつじ燃ゆるや仏母みそなはせ

鰺刺の飛び込む波の透き通り

鰺刺の群るる大門の潮の目に

あかつきの灯のまぼろしや烏賊を釣る

薔薇百花離宮の園に妍競ふ

下闇は立入禁止震禍跡

糶台に往生悪き蛸を競る

天平の仏見し目に蟻地獄

かはほりや青き伽藍の暮れきらず

九輪草茎のもつるることもなし

さくらんぼ白磁の皿に夜の影

足腰の衰へ嘆く茅の輪かな

郷愁や枇杷の皮剝く肥後守

デザートに剥くは小粒の庭の枇杷
大粒の枇杷は剥かれて球体に

山寺の縁の節穴蟻出入り

ほととぎす湖上の雲に谺しぬ

チロリアンハットや鮎の釣天狗

高山寺詣で二の次河鹿聞く

河鹿聞く妻の聴覚羨まし

杉の穂を逆落しくる夏の蝶

吟行の暑さ心頭滅却す

名園の岩が見所作り滝

作り滝岩に仏の拝まるる

蓮匂ふベンチ瞑想なすべかり

しののめのテント込み合ふ蓮見会

行在所跡の忍び音昼の虫

小糠雨いとはず島の虫時雨

牛突きは遠流の名残秋祭

初鴨の屯をなさず一を引く

秋深し句碑それぞれのたたずまひ

顎鬚の爺が宰領秋祭

大川の空縦横に鳥渡る

細々とつづく句会や文化の日

文化の日会員なべて傘寿越ゆ

舟屋形金の飾りの紅葉映え

隠岐去るや時雨晴れたる日本海

合掌のわれは俗物十夜鉦

袢は信徒の晴着十夜鉦

噎ぶごと心にひびく十夜鉦

十夜粥中風除けの椀に盛る

空腹の虫押へとす十夜粥

鉦乱れ十夜念仏高まりし

階上る足腰達者十夜婆

弥陀の手の綱に頰ずり十夜婆

屯して数の読めざる浮寝鴨

白鳥や鏡映りに湖を飛ぶ

吟行や先づは句碑訪ふ十田久忌

十田久忌は青畝忌のこと

寒柝のよぎり門灯ぱつと点く

駅前の灯に夜廻りの柝を打たず

居留地は明治の名残クリスマス

底冷の酒蔵鴨居縦横に

平成二十一年

大絵馬は和紙のちぎり絵年迎ふ

お降りは詮方なしや傘持たず

百歳の筆跡見よや筆始

大鍋の七種粥も寺なれば

福引のはづれ大和の福寿箸

ことのほか寒さきびしや阪神忌

老猫は被災の仲間阪神忌

三方の熨斗に大書す摩耶昆布

石段を怖がる子馬摩耶詣

春めくと梯子を垂らす城の崖

ジョギングの足の洗ひ場水温む

天麩羅の土筆吉野の鄙料理

初花を見つけし幸や月参り

初花や赤らむ蕾満を持す

土手尽きるまでとぞぞろに花見かな

場所取りの夕影長き花筵

走り根は岩の如しや大桜

散る花に滞りなく神事終ふ

青銅の屋根まぎれなし花の雲

震災の霊を悼みて花に歩す

一片の落花にかざす舞扇

柏手の音の揃はず落花急

遠足の子らは震禍の園知らず

売店の梁の細きに燕の巣

金剛山仰げとばかり鯉幟

だんじりの担ぎ手募集夏は来ぬ

一水の沢に群落九輪草
通し鴨縮緬波を寧しとす

切株に蝶の如しや梅雨茸

近道の緑蔭黄泉の暗さかな

鮎焼いて一膳飯屋客を呼ぶ

真黒な軍手の指や鮎を焼く

護摩木焚く駅前広場山開

釜で炊く飯が馳走や夏山家

朝食のすみて無聊や避暑ホテル

黄ばみたる葉書は遺品終戦日

死語となる灯火管制終戦日

大文字眺め余生をいとほしむ

屋上の闇に大文字消え細り

軒毎に秋の風鈴鍛冶屋町

震災忌阿鼻叫喚の画を悼む

句碑の辺や月の芒の穂の長く

宝前に露しとどなる捨て箒

滾つ瀬を素早く渡り秋の蝶

行幸に道の堰かるる奈良の秋

手をかざす愛の女神や小鳥来る

粧ふや歌に詠まれし神の山
黄落の谷の一軒御師の宿

日当りに物狂ひして石蕗の虻

返り花よもやと仰ぐ上枝に

涸れ滝に立つ人すぐに歩を返す

行く雲の巻舒となりて山眠る

のど飴を舐めて吟行寒きかな

大物の河豚神妙に糶を待つ

玉垣の日あたるところ冬の蠅

くれなゐのかぼそき冬芽枝の先

短日やあつと言ふ間に耀終る

逗留の無聊をかこつちやんちやんこ

人去れば我も我もと鴨岸へ

寒林の水音遠くより聞こゆ

大玻璃にひびき庇の雪落つる

雪原となりし湖北は日本晴

着せ藁を8の字縛り冬牡丹

冬牡丹太陽今し中天に

数へ日や時間厳守の島通ひ

平成二十二年

避難所の跡に慰霊碑阪神忌

記念とす柱時計や阪神忌

梅蕾む六文銭のごと並び

日当たれば存在感や梅白し

切り口の白き茎より牡丹の芽

きりぎしに礫となりて椿落つ

絨毯にならべ披露す雛調度

雛の間の廊下履物散乱す

曲水や人ははばからぬ鳥の声

曲水や木立をかくす幕を張り

聞き洩らしたるは確かに初蛙

自転車を並べ垣とす花筵

舗装路に敷くも已むなし花筵

薔薇を見る介護の老の無表情

沢水のさんざめく音九輪草

補聴器にひびくは遠の草刈機

峰寺の昼のしづけさほととぎす

参道と言ふも山道ほととぎす

天を突く杉をはなるるほととぎす

幽谷に神の声とももほととぎす

形代の文字消しゴムに消さずとも

形代や借りし筆の穂意に添はず

土砂降りの雨に突つ立つ茅の輪かな

梅雨茸土の匂ひの崖裾に

ご自由に撞けといふ鐘音涼し

楼門に身動きならぬ大夕立

かく集ひ祝ふともがら暑に負けず

きらめきて歩板をくぐる岩清水

滝見茶屋梁を支へし岩襖

滝しぶき鞭のごとくに岩を打つ

作り滝さあらぬ態に水落とす

宮涼し水の女神と聞くからに

萩まつり寺に子規句碑月斗句碑

萩むらに仏のごとく句碑坐る

境内に丈を競へる句碑と萩

鎖樋に車軸のごとき秋の雨

山頂の霧に飛び交ふつばくらめ

盆景の菊てのひらに載せて見る

生田神社宮司加藤隆久様に長老として鳩杖が授与される

菊の賀の長老若く老い知らず

鳩杖に喜寿の健脚登高す

直会に下戸もたしなむ菊の酒

句碑除幕釣瓶落しの日を惜しむ

紅葉狩奈落の底の道辿る

影となり光となりて銀杏散る

千手なす秀つ枝をはなれ銀杏散る
のけぞりて秀つ枝仰げば銀杏散る

銀杏散るもつるる蝶の如くにも
七五三磴の高きを意に止めず

落葉してのつぺらぼうの朴高し

行く人に樹齢を問はれ落葉掃く

遅参子の遠路いたはる納め句座

年忘れ表彰さるる老我も

平成二十三年

初絵馬に書くは願ひの四字熟語

裏返し英語読まるる初みくじ

万策の尽きしごとくにとんど消ゆ

闇に吹くトランペットや阪神忌

蠟燭の灯の文字となる阪神忌

節分の豆噛み老の所在無く

豆を撒く法被の杜氏は丹波より

ひしめける顔を目掛けて豆を撒く

豆を撒く異国女性の晴れ姿

凍解くる土手を這ひたる草の根も

山上はいまだ蕾や梅まつり
紅白の梅山住みを誇りとす

伸び上がり双葉となりし名草の芽

被せたる筵にのぞく名草の芽

鮊子の着荷忽ち人だかり

壇上にちまちま並ぶ二寸雛

資料館先づ見学す寒造

東日本大震災に平和の海を祈りて

春潮や津波の越えし磯に寄す

鳥ぐもり津波に消えし港町
みちのくの春待ちわびて避難所に

着膨れてボランティアらの皆若し

避難所に山と積まれし毛布かな

電線のなき東京に燕来る

時なしに燕の乱舞大伽藍

うららかや海を眼下に蕪村句碑

落人の里は折しも花万朶

一文字に口を結びて花仰ぐ

見下ろせる野外ステージ花吹雪

花に訪ふ城や復元まだ半ば

天空の城を称へて囀れる

水脈白く卯月曇りの須磨の浦

植田中送電線の果て見えず

日傘差し男の沽券損なはず

大いなる日傘の影に散歩犬

祝・佐藤夫雨子氏句碑建立

夏山を神とし仰ぎ句碑除幕

飽きもせず見てゐる郡上踊かな

居眠りは老の安らぎ昼の虫

秋雲の影の去来す峰の寺

句碑見よと風にのけぞる寺の萩

落慶の法螺の谺し秋晴るる

鉄柱や大懸崖の菊支ふ

花二輪手に乗るほどの鉢の菊

協賛の菊は江戸菊古典菊

菊の虻日向日陰をゆき戻り

台柿を皿に鬼貫遺墨展

詩に詠まれこれ見よがしの柿熟るる

蓮の実の飛ぶはまことかいまだ見ず

蓮の実の飛ぶやベンチに長考す

落慶の摩耶は今しも紅葉濃し

風向きに首伸ばす亀柳散る

秋天下屋根のひしめく城下町

スプーンを拳骨握り七五三

神の留守鳥居そばだつ街繁華

花時計冬日を撥ねて針回る

頭陀袋垂らす如くに枯蓮

花舗に売る宇陀朝採りの冬野菜

風波に追はるる鳰の水潜り
引く波を追うて啄む浜千鳥

鴨浮寝波高けれどたむろなす

鴨鴨群るる瀬戸の潮目の濃きところ

鴨翔ちし浜は鷗の天下かな

雲去りて姿勢を正す雪の富士

珈琲のお代りをして年惜しむ

平成二十四年

鉢伏は背山のはづれ初山河

初詣末社といふもこの人出

初みくじ余生占ふにはあらず

本殿の日当たる屋根に初雀

墨磨つて心ゆくまで筆始

乾杯は金の盃初句会

飛火野を人素通りす梅早し

梅林に佇む人の長居せず

梅林に立つは由緒の石灯籠

吉備の里田舟を曳きし畦青む

灯を撥ねる金色の輿雛の壇
風波の金粉散らし春日燦

曲水や森に木洩れ日斑なす

曲水や森に落つる日逡巡と

曲水や宮司の一首番外に
盃を流すこの森古戦場

牧場の馬が奉仕す摩耶詣

先回り岨に見下ろす摩耶詣

大岩を随所に配す牡丹園

蕊の黄に夕日とどまる牡丹かな

豪華なる牡丹の香りいづれにも
大輪の牡丹の惜しみなく崩れ

黒檀の台に飾られさつき展
小品の鉢は手に乗るさつき展

華語韓語趣味同じうすさつき展

風波に右往左往の通し鴨

ただならぬ暑さ牧場の昼下り

築山の大音響は作り滝

この町に住みて永らふ地蔵盆

牧場の草やはらかし露を踏む

飛び石にかぶさる萩を括らねば

補聴器に風のささやく秋思かな

虚子句碑に時を過ごせば小鳥来る

懸崖に侍る小菊も入賞す

町屋筋戸毎の鉢に菊残る

傾きて仏足石に残る菊

かしここここ風の落葉の渦を巻く

洋服の権禰宜と会ふ神の留守

枯蓮の茎水に折れ影交叉

ひもすがら枯蓮を風もてあそぶ

創業の古きを競ふ年の市

我も口遊む讃美歌社会鍋

讃美歌を聞き母恋ふや社会鍋

店頭に日がな一日河豚料る

戸を鳴らす夢二生家の隙間風

鰭振つて寒鯉沈む池の底

餌を撒かれやをら寒鯉鰭を振る

雪深き峠の伏屋灯の洩るる

句集　敬天愛人　畢

あとがきに代えて

夫・小路紫峡師（夫であり、俳句の師でもある）の第七句集の句集名を「敬《けい》天愛人《てんあいじん》」とした。夫・紫峡は高濱虚子、阿波野青畝両師に師事し、作句精神を学ぶと共に、俳句の神髄は信仰に基づかなければ本物にならないと、常々話していた。

これは、芭蕉が「造化に従ひ、造化に帰る」と言い、虚子師の「俳句の究極は信仰である」、また青畝師の「俳句の道はいずれ神を知る道」との教えを継承した数少ない俳人であった証左だ。この場合の信仰の対象は神・仏や造物主あるいは、自然そのもの（天）への深い畏敬であろう。

夫・紫峡は「私は吟行の際、俳句が作れないときは、最寄りの神社・寺院に参詣して祈る。すると神仏は必ず私の能力以上の力を授けて下さって、作句することができた」と述べていた。「敬天」とは夫・紫峡の生き様の中で、もっとも重要なポイントであったように思われる。

一方、俳句の指導者としての夫・紫峡は、常に柔和な表情で、人の話に耳を傾け、句会などでも、自分の考えを押し付けるようなことはなく、しかし話をしている内に、理屈を越えて納得させることが多かった。これは「人を愛する心」、すなわち人徳（愛人）と言うのだろう。厳しい言葉で叱責することもなく、さほど理屈を述べる訳ではないのだが。

この、人を愛する心が俳誌「ひいらぎ」などを通じて多くの人を引き付け、俳人を育てることができた最大の理由だろう。まさに「愛人」の心だ。

本句集の名前を「敬天愛人」とした所以だ。この言葉は西郷隆盛が座右の銘としたと聞いている。隆盛も不思議な人的魅力によって多くの人を引き付けた。

夫・紫峡は平成二十八年四月九日に満八十九歳を一期として、帰天した。奇しくも虚子忌の翌日であった。彼の世で、青畝師と共に虚子師に見え、信仰やそれに基づく俳句のことなどを楽しく語らっているに違いない。

本句集は夫・紫峡が、生前に出版する予定で大体の選句を終えていたが、急逝で生存中の出版には間に合わなかった。この夫・紫峡の心を人々に伝え、遺志を果たすため出版することにした。

この句集の出版にあたっては、「ひいらぎ」の藤村たいら氏に協力をして頂いた。

また、刊行に際し、角川『俳句』編集部の皆様にはご高配を頂き、深く感謝申し上げる。

平成二十八年六月

小路智壽子

著者略歴

小路紫峡

しょうじ•しきょう

大正15年12月24日広島県生まれ。本名正和

昭和16年　「ホトトギス」に投句、高浜虚子に師事

昭和25年　「かつらぎ」に投句、阿波野青畝に師事

昭和30年　神戸新人句会を発足し、初心者の育成に努力す
　　　　　平成２年、万両句会と名称を変更

昭和36年　「ホトトギス」同人

昭和37年　「かつらぎ」推薦作家選考委員

昭和38年　社団法人俳人協会に入会

昭和55年　「ひいらぎ」を主宰

平成15年　大阪俳人クラブ会長

平成17年　兵庫県俳句協会会長を兼任

平成19年　兵庫県文化功労者賞を受賞す

平成20年　公益社団法人日本伝統俳句協会参与に就任す

平成22年　公益社団法人俳人協会名誉会員に就任す

平成28年　永眠（享年89）

大阪府知事表彰

句集に『風の翼』『四時随順』『遠慶宿縁』『石の枕』『夏至祭』『召命』

小路智壽子連絡先　〒657-0065　神戸市灘区宮山町2丁目7－15

句集　敬天愛人《けいてんあいじん》

初版発行　2016（平成28）年 7 月26日

著　者　小路紫峡
発行者　宍戸健司
発　行　一般財団法人 角川文化振興財団
〒102-0071　東京都千代田区富士見 1-12-15
電話 03-5215-7819
http://www.kadokawa-zaidan.or.jp/
発　売　株式会社 KADOKAWA
〒102-8177　東京都千代田区富士見 2-12-3
電話 0570-002-301（カスタマーサポート・ナビダイヤル）
受付時間 9:00～17:00（土日　祝日　年末年始を除く）
http://www.kadokawa.co.jp/
印刷製本　中央精版印刷株式会社

落丁・乱丁本はご面倒でも下記 KADOKAWA 読者係にお送り下さい。
送料は小社負担でお取り替えいたします。古書店で購入したものについては、お取り替えできません。
電話 049-259-1100（9 時～ 17 時／土日、祝日、年末年始を除く）
〒354-0041　埼玉県入間郡三芳町藤久保 550-1
 ISBN978-4-04-876401-8 C0092

角川俳句叢書　日本の俳人100

青柳志解樹
朝妻　力
有馬朗人
安西　篤
伊丹三樹彦
伊藤敬子
伊東　肇
井上弘美
猪俣千代子
茨木和生
今井千鶴子
今瀬剛一
岩岡中正
大石悦子
大牧　広
大峯あきら
大山雅由
小笠原和男
奥名春江
落合水尾
小原啄葉
恩田侑布子
柿本多映
加古宗也
柏原眠雨
加藤憲曠
加藤耕子
加藤瑠璃子
金箱戈止夫
金久美智子
神尾久美子
九鬼あきゑ
黒田杏子
阪本謙二
佐藤麻績
塩野谷　仁
小路紫峡
鈴木しげを
高橋将夫
田島和生
辻　恵美子
坪内稔典
出口善子
手塚美佐
寺井谷子
中嶋秀子
鳴戸奈菜
名和未知男
西村和子
能村研三
橋本榮治
橋本美代子
藤木倶子
藤本安騎生
藤本美和子
文挾夫佐恵
古田紀一
星野恒彦
星野麥丘人
松尾隆信
松村昌弘
黛　執
岬　雪夫
宮田正和
武藤紀子
本宮哲郎
森田　峠
山尾玉藻
山崎　聰
山崎ひさを
柚木紀子
依田明倫
若井新一
渡辺純枝
ほか

（五十音順・太字は既刊）